건초의 시간

유심문학회 사화집 2013

건초의 시간

인북스

책을 펴내며

온종일 쏘다니다 돌아온 빈 부엌
엄마는 없고 밥솥에서 엄마 냄새만
모락모락 하던 기억

언제부턴지 모르지만
12월이 꼭 그렇게
엄마 없는 빈 부엌처럼
느껴집니다.

그래서
또 이렇게
밥솥 하나 불 지펴 봅니다.

2013년이 저무는 날
유심문학회

| 차례 |

권규미

2013년《유심》으로 등단.
경주문학상 수상.

누가 내 이야기를 들어줄까

시간의 노파가 추수하는 사랑이든 배신이든 모기눈알요리
는 피부미용에 그만이라는데 박쥐들에게 부역을 시키면
금상첨화라는데 제비집을 구워 먹어도 비슷한 효과가 있
다는데 원숭이꼬리수육도 가능하다는데 대관절 꼬리를 얼
마쯤 자르면 한 끼의 요기가 되나 얘, 꼬리랑 바나나랑 바
꿀래, 달래야 하나 뺏어야 하나 그게 아니라 하룻밤을 위한
만리성인가 만리성을 위한 하룻밤인가 나라의 운명을 흔
들 만큼 아름다운 건 분명 축복일 텐데 칼을 들고 원형경
기장에 뛰어들 수도 있으려나 나라의 신전을 소홀히 할 만
큼 아름다웠던 프시케는 어느 나라의 공주였다는데 원래
는 나비, 아니 영혼이었다던가 그것보다 나는 악극을 보러
갔는데 그림 속에서 폭포가 쏟아지고 바위들은 구르고 무
대는 순식간에 바다가 되고 바다 위로 새들은 하염없이 날
고 흰꼬리원숭이처럼 길을 잃은 시간들이 사방으로 헤매
는 공중그네 위에는 십일면관음보살이 젖은 부채를 흔들
며 춤을 추었는데 결국 교활한 시간의 노파는 제 아름다움
외에 아무것도 완성하지 않는다는데,

바벨도서관*

육각형의 작은 방이 무한으로 연결된 한 권의 책이 있다 그
것이 언제부터 우리 사이에 놓여 잇닿은 벽면마다 산과 호
수와 언덕들 겹겹이 포개어 날마다 반짝이고 반짝이고 운
석을 나르는 분홍 노을이었던 우리 각각 한 권의 책은 아니
어서 오래된 책의 마주 보는 페이지였을 것이다 신탁의 두
기둥처럼 상승과 하강을 반복하며 흘러가고 흘러오는 무
한의 계단이었을 것이다 우주를 잉태한 첫 어머니가 은유
였다는 사실은 처음부터 가볍지 않았다 육각이란 원래 혼
돈의 한 원형이라고 어디선가 들은 적이 있다 눈 먼 벽을
더듬어 왼쪽으로 돌면 벼랑으로 이어진 난간이 나오고 오
른쪽으로 돌면 허공으로 열린 무위의 회랑을 만나게 된다
모든 계단은 불안을 반복하는 포물선기법으로 어느 방향
에서 오르거나 내리든 누구도 예외없이 제자리만 빙글빙
글 맴돌게 한다 순환하는 시간의 그림자에 갇힌 또 하나의
얼굴을 마주보게 한다 일생이 순간인 흩날리는 눈송이처
럼 가파른 스무고개다 자음과 모음의 풍화는 벼랑의 고요
를 지우고 유폐된 역사의 소문들만 불가피한 세계를 쓸쓸
히 자전하고 있다 어둠속에 알을 낳는 거미처럼 파랗게 날
선 유형의 시간들이다 아침마다 신성을 회복하는 태양의
우물처럼 입구와 출구 끝없이 모호한 한 잎의 생,

* 보르헤스에 빌리다

언(言)이라는 이름의 여자

옛날 옛날에 꽃보다 곱고 선녀보다 착한 어린 엄마가 살았
대 적막하고 무서웠지 세상이라거나 세월이라거나 그런
가벼움 대신 까마득 늙은 나를 무작정 입양했지 거북아 거
북아 바다 속 거북아 아무도 막대기 두들기며 노래하지 않
았어 어린 엄마는 어렸으므로 때때로 무지막지 용감했고
쓸쓸했고 그리하여 갈수록 더 외로워졌지 라푼젤처럼 나
는 구름의 사닥다리가 필요했으나 그이는 먹이지도 씻기
지도 않은 채 편견과 오류 속에 다만 유폐했어 그저 늙는
일에만 생을 기울인 새까만 염소처럼 투정이 늘고 아집이
쌓여 햇빛이나 달빛의 머리채를 잡아끄는 하염없는 망나
니가 되어갔으나 그 새파란 엄마는 루루랄라 휘파람만 불
었어 안다미로 안다미로 그네만 탔어 옛날, 옛날 언(言)이
란 이름의 작고 어린 여자가 아무도 몰래 나를 데려다 수
백 층 탑의 꼭대기에 가두었어

時調

권 영 희

2007년 《유심》으로 등단.

안테나

창공에 찌 던지는 옥탑 위의 안테나
몰려들던 새떼도 우루루 날아간 뒤
비바람 들이친 세월 저도 몰래 휘었네

호령도 흐드러져 너른 세상 굽어보며
한 시절 몰아 보낸 아버지 뒷모습처럼
찡하게 가슴 후리는 유물 한 점 서 있다

겨울 금잔화

봄부터 걸려 있던 카톡 사진이 바뀌었다
어제는 횟집에서 오늘은 호프집으로
세상의 벼랑 끝에다 거푸 집을 짓는다

폐업이 창궐하는 시대 피어나는 금잔화처럼
한창 일할 나이에 권, 고, 사직이라니
그 남자 프로필에는 지금 또 꽃이 핀다

알긋냐 알긋제

거죽만 남은 몸에 링거 꽂은 지 십 년이여
조카도 손들었는데 네 이모부가 안 빼는 겨
살아도 사는 게 아녀 숨만 붙여 놓은 겨

쓰러진 사람도 기맥힐 노릇이지만
산 사람도 시방 맘이 맘이겠어
목숨은 무슨 낙으로 질 줄을 모른다냐

개똥밭에 굴러도 이승이 좋다지만
나는 절대 호스로 음식 넣지 말그라
꽃 피고 새 우는 줄 모르는 게 어디 사는 거다냐

김 경 태

2005년 《유심》으로 등단.

바이칼 소년

일만 년 전 호수를 기억하고 있었다면
소년은
유빙을 따라 사라질지도 모른다
청회색 눈동자만큼
부서지는 물빛처럼

철길이 놓이기 전 광야를 호령하던
흉노족 기마전사
그 전설을 묻어두고
이 땅을 떠나지 못 해
만년설이 되었나

동틀 무렵 얼음낚시
태양마저 웅크린
소년의 손등 위로 내려앉는
극광(極光) 한 폭
빙점을 걸러낸 시간
또 하나의 전설이 된다

파꽃이 지다

늦여름

굽이돌아

마이산

넘어가는 길

밭 매는 어미처럼

둥그런

봉분 위에

하얀 밤

길 잃은 나비

잠시,

쉬다

날아간다

누드 자화상
—에곤 실레(1910)

안개꽃 속에 숨어서
훔쳐보는 눈알 하나
그림자를 키워낸다
식칼로 그어댄다
목 잘려 사지가 흩어진
반란의 수괴처럼
나뒹구는 전단지에 헐벗은 누이들이
내 몸을 기어다닌다
혓바닥으로 핥는다
골목 끝 전봇대 아래 부서지는
날벌레처럼
출산한 어미들이 쏟아낸 탯줄을 엮어
목도리를 짜고 싶다
네 목에 걸고 싶다
어른이 돼서는 안 될
수괴의 자식처럼

김 대 봉

2010년《유심》,〈영주일보〉신춘문예로 등단.

워치

그가 예지동 골목에 들어섰다

모자를 눌러쓰고
그의 등짝을 열람한
찢겨나간 세월이
거울처럼 골목길을 환하게 비춘다
그의 그늘이 읽혀지고
골목 안 햇살은
그의 엉킨 맨살을 비집고 관통한다
진열장에 들어 선 거울이
그의 얼굴을 환하게 비춘다
곁꾼 같은 시끌벅적 골목 사이로
한 줄기 바람 불어온다
그의 그림자 뚝뚝 흘러내린다
바람을 표절하는
거울, 시간을 폴리싱하고 있다

그의 눈물이 뼛속 깊이 박혀 있다

독립초침

어둠을 뒤집어쓰면 얼굴이 전부다

얼굴은 원을 유지했다

화난 얼굴을 문지르자

화장한 밤거리,

반복해서 노래가 흘러나왔다

순서대로 얼굴을 가리면 숨겨놓은 우주 하나 남는다

아래로 자라는 얼굴은 호흡이 더 오래다

한낮의 기억에 의하면

우주쇼를 본 것이다, 라고 말하기도 했다

시다바리
시다바리

그것은 앤틱에 대한 일종의 사랑이다

여름

삶은 아침과 태양 사이에서 물결친다

직전의 어둠과 되돌아나갈 생각이 그려놓은 풍경이

허공을 몰래 떠받치고 있다

물꾸러미 전선줄에 기댄 햇살은

줄곧 아래를 실어 나르고 있다

한 계절 한 평생

풀잎만 먹고 자란 가장은 얼마나 외로웠던 것일까

길섶 아래 시냇물 우물거릴 때쯤

그와 내가 한 몸이 되었다

김 동 호

2008년《유심》으로 등단.
현 소양중학교 교사.

심우도(尋牛圖)

짐칸에 실려가는 소의 눈이 흔들렸다
체구가 그만해서 가는 곳 거길 것 같아

나, 여기
또 다른 소일까
내 눈자위
젖었을까

봄날에

마구 대들고 싶다 나도 대들고 싶다

참말로 속절없이 당할 수밖에 없도록, 너에게 대들고 싶다

봄꽃 내게 그러듯

거닐고 싶은

'거닐다'는 말을 수석(壽石)처럼 줏어 든 날
진종일 그걸 들고 내려 놓지 못했다
한가히 걸어 본 지가 너무 오래되었나 보다

기억도 가물거리는 그런 사람 있었네
잿불처럼 속 깊이 남았을 줄 몰랐는데

있었네,
거닐고 싶은
그 사람이 있었네

애쓴 만큼 우리 잘 살게 된 걸까
떠내려 보낸 세월 떠내려간 놓친 것들
내일은 거닐게 될까
거닐게 될까 내일은

* 거닐다: 아무 목적 없이 한가롭게 걸어 다니다.

김 선 화

2006년《유심》으로 등단.
가람시조문학상 신인상 수상.

북향(北向)

곧 돌아오겠습니다
집 나선 지 예순 해

머리는 북녘에 두고
흙을 덮고 누웠구나

너희는 살아 꼭 찾아뵙거라
내 부모 계신 신흥리* 선산

* 함경남도 함주군 주지면.

6월

햇빛 쏟아진다
천지간 쏟아진 만나*

짙어진 풀과 나무 사이
곰실거리는 생명들

땀방울 또르르 구르는
발걸음이 바쁘다

* 이스라엘 민족이 가나안으로 갈 때 광야에서 여호와로부터 받은 특별한 식량.

사랑할 수 있을 때 좀 더 사랑할걸

상처가 났다
온몸 구석구석 그늘이 졌다

상처에 가시가 돋아
내가 나를 찌르고

겹겹이 쌓였던 시간
와르르 무너진다

다시 온전히 사랑할 수 있을까

넉넉한 햇살과 부드러운 입술에

상처가 꽃이 될 수 있을까
꽃 필 수 있을까

김 영 주

2009년《유심》으로 등단.
시집《미안하다, 달》. 경기문화재단 창작지원금 수혜.

뉘엿뉘엿

머리 하얀 할머니와 머리 하얀 아들이
앙상하게 마른 손을 놓칠까 꼬옥 잡고
소풍 온 아이들처럼 전동차에 오릅니다

머리 하얀 할머니 경로석에 앉더니
머리 하얀 아들 손을 살포시 당기면서
옆자리 비어 있다고
여 앉아앉아
합니다

함께 늙어 가는 건 부부만은 아닌 듯
잇몸뿐인 어머니도
눈 어두운 아들도
오래된 길동무처럼
뉘엿
뉘엿
갑니다

그대 오늘도 여행을 떠나는가

혼자 떠난 여행에서 돌아오는 저녁은
새로 또 어디론가 여행을 준비한다
떠나고 돌아오지만
끝나지 않을 여행이다
나 없는 빈 방에서 저희끼리 밤을 샜을
벗어놓은 옷가지와
꺼지지 않은 노트북
간간이 페이지 넘기며 이야기 구순하다
잘못 걸린 전화벨이 두어 번 울었겠다
울타리 없는 앞마당 물 마른 수돗가엔
배고픈 길고양이가
다 · 녀 · 갔 · 다
쓰였다
가방도 못 챙기고 먼 길 가야 하는 날
그 날을 생각하면 내 몸 너무 무겁다
꼭 하나 가지고 갈 것
고르지를 못하겠다
못다 쓴 이야기는 무어라 변명할까
몇 장 남지 않은 창백한 A4 용지
묶을까
찢어버릴까

그 일이 늘 숙제다

몸집

아이들이 떠난 집은 고흐의 정물 같다
싱그런 웃음소리
은분처럼 내려앉고
이따금
시계소리만
노크하듯 들려온다

오래전
아주 오래전
나도 한때 집이었다
너에겐 믿음이요 나에겐 축복이던
지금은 쓸쓸하지만 몸이라는 따뜻한 집

집이 되고 허무는 일
살과 뼈를 녹이는 일
어머니의 어머니의 어머니가 그랬듯이
내게 온 너를 위하여 등신불이 되는 일

집을 나선 아이들이 집이 되어 오는 날
오래도록 기쁘게 난 울지도 모른다
그날은 내 빈집에도 불빛 다시 환하리라

김용회

2008년《유심》으로 등단.

상걸리 가는 길
– 감자

상걸리 가는 길 벼랑 끝 산밭에는
하얀색 자주색 감자 꽃이 환한데
서러운 한 묶다만 복녀의 옷고름인가

가난의 등짐 벗고 팔십 원과 바꾼 인생
무능한 사내 앞에 팔랑이는 여인의 삶
타버린 몸뚱어리는 바람결에 춤추고

달빛 받은 감자 꽃 무심히도 꺾다가
질긴 올무 풀지 못해 허덕이던 복녀는
장마에 꽃잎 흘리며 골물 따라 떠갔지.

봄 산

황사가 장막 치고 센바람 들고 나네

찢겨진 우산마냥 앙상한 나목들은

다시는 아니 살을 듯 침묵으로 서 있고

삭정이 대궁 끝에 매달린 도롱이 집

햇살을 채워 넣어 새 생명 잉태하니

산수유 노란 빛으로 환생하는 이 한 봄

옛집

확 독 옆

분꽃가지

기지개를 켭니다.

먼 산에 반쯤 걸린

멀건 해가 봅니다.

들일 간 우리 어머니 밥 지으러 옵니다.

김 택 희

2009년 《유심》으로 등단.

경계의 안쪽

다시 배롱나무에 잔바람 인다
안쪽이라고 읽는다
한결 누그러든 열기를 깔고 앉아 물가 바라본다
두 손으로 다리를 둥글게 감싼 등 뒤로
어둠이 내리고
배롱나무 떨림에 베가성(星)이 돋는다
어차피 나뭇가지의 굴곡이 다 비슷하지 않느냐며
습관처럼 찾아왔다 슬며시 기우는 길목
다니던 길을 고집하는 덕분에
어지간한 어둠엔 익숙해졌어도
또 넘어지고 상처를 안는다
소리 내지 않는 것이 배려였다는
진실을 배워가는 중
밤하늘 올려다본다
꽃은 떨어지고 다시 잎이 돋는다 해도
비린내 나지 않는 지금이
숟가락을 놓아야 할 시간
이미 식어가는 사랑인 줄 알면서 자꾸 손이 가는
계절의 경계에서

한때의 온기를 점점이 온몸으로 읽는 중이다

와디

오후 들어
내리던 비가 그치면서
녹음 짙은 여름 산에 운무를 깔아놓는다
아주 멀리까지 지켜주던
오랜 배웅 같은 비 젖은 산허리를 돌아오는 길
날 부르는 까만 염소를 두고 온 것도 아닌데
먼 산이 온통 눈산으로 보인다
창밖 언덕배기를 오르는 능소화며
슬몃슬몃 일렁이며 바람을 낳는 수숫대
흔들리며 고여 있는 뒷모습에
물기는 창밖으로 흐르는데
가슴 안쪽으로 축축하다
멎었던 빗줄기가 다시 차창에 몸을 던진다
이제는 기차를 바꾸어 타야 할 시간
가고 싶은 길을 돌아
방향을 바꿀 수밖에 없다는 것이
안타까운지 발길 무겁다
창 너머 벌거숭이산을 뒤덮었던 겨울눈처럼
보일 듯 보일 듯 뭉뚱그려 뿌옇게 보인다
바람조차 삼켜버린 겨울 설산
아니, 여름 안개 산

세상이 나를 이길 때다

응답하라, S

신호 닿지 않는다
나서지도 주저앉지도 못해 서성이는 어둑한 터널
어떻게 해야 할까
창밖에선 함박눈이 골고루 세상 어루만지는데
눈 쌓인 나뭇가지 바라보아도
나무는 하늘만 올려다본다
부푼 목련 꽃눈에도 눈꽃이 피었다
마음 속 소란의 점선을 뜯어내도
둥글어지지 않는 모서리
여전히 접속하지 못한 나는 안절부절 맴돌고
나무들은 여전히 풍경을 만드느라
내리는 눈만 차곡차곡 안아 올리고 있다
우듬지가 휘청
다시 손 내밀어 보지만
낮아진 하늘 바라보지만
너무 먼 전갈자리별은 보일 리 없고
방향마저 잃은 채 입 다물어버린 주파수

백 년 만의 폭설이라는 속보 지나고 있다

김 해 인

2008년《유심》으로 등단.
작품집으로《다산》외 다수.

명발당 가는 길

고사골 지나는데 들꽃들이 따라와야

나무랄 생각이 눈곱만큼도 없는데

저만치
따라오다니
다가서지 아니하고

한참 따라오다가 돌아보면 멈춰 서야

따라오지 말란 말을 뱉은 적이 없건만

왜 그리
눈치 보는지
손잡아 주고 싶은데

매조도

– 茶山

1
살아생전 떠맡아야 할
슬픔의
몫이 있다면

너희들의 몫까지
내가
다 떠맡을 테니

매화꽃
들여다보는
새들처럼 살아가길

2
슬픔이란 슬픔은 내가 다 떠맡아도

내가 흘린 슬픔이 어딘가에 있기 마련

네 짝을
못 보고 갈까
두려움이 앞서는 걸

* 다산은 매조도(梅鳥圖)를 둘 그렸다. 하나는 시집간 딸 혜련(惠蓮)에게 준 것이고, 다른 하나는 소실에게서 얻은 딸 홍임(弘任)에게 줄려고 그린 것으로 추정하고 있다.

산호벽수(珊瑚碧樹)

1
산호를 생각하면 벽수를 생각하면

바다 밑도 벼랑 끝도 마다하지 말아야지

오로지
책상 앞에서
잔머리만 굴리다니

2
산호벽수 한꺼번에 무상으로 안기어도

불충한 내 가슴이 감당할 힘이 없어

주제를
파악하고 나니
마음이 가벼운 걸

3
산호벽수 따로 없다, 이 말을 뱉고 나니

이솝의 신포도란 생각이 앞장서야

정말로
따로 없다면
뭔 재미로 살아가나

* 산호벽수(珊瑚碧樹): 산호는 수중의 보물이고, 벽수는 요수(瑤樹)이다. 산호
와 벽수가 큰 가지 작은 가지 서로 어울려 융성하라는 뜻으로 추사가 쓴 것으
로 횡서 현판이다.

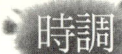

박 미 자

2007년《유심》으로 등단. 2009년 〈부산일보〉 신춘문예 당선.
시집《그해 겨울 강구항》. 현재 독서논술지도사.

시트를 갈다가

신혼 때 장만했던 골격 든든한 원목 소파
손때도 반질반질 흠집도 늘려가며
찢어댄 엉덩방아로 함께 했던 시간들

봄맞이 대청소로 시트 훌렁 벗겨낸다
얼룩과 때 낀 주름 맑게 씻어 헹궈 널면
뽀삭한 새하얀 호청 꽃내 물씬 풍긴다

헐거운 이음새가 삐걱대는 저녁이다
스르르 가장의 어깨 받아주는 편안함에
때로는 흔들거림도 잇몸으로 버티는 것

봉함 엽서

무심결 울어대는
핸드폰 신호음에

비밀번호 풀어보니
창가에 와 있단다

찌르륵
벌레울음도
함께하자는 이 가을

사금파리탑

임란의 치욕 안고 끌려갔던 조선 도공
물레 돌린 시간만큼 고국 하늘 품었지만
쨍그랑 빛빛의 조각 사금파리 탑이 되고

생질꾼 십 년 만에 명장 되어 혼 뺏겼어도
청화백자 몸체마다 물고기 키웠으리
현해탄 건너는 꿈은 고국 뭍에 닿게 할

아직 삭지 못한 가마 속 그 울분은
비늘 돋은 파편들로 시리도록 빛나는데
살풀이 흰빛의 혼령 조류 따라 떠돈다

배 재 형

2007년 《유심》(시), 《월간문학》(아동문학)으로 등단.
시집 《소통의 계보》. 한국야쿠르트 홍보팀 과장.

복숭아꽃 아내

아내의 복숭아뼈 벌겋게 부었다

하루 종일 걸어 다닌 시장 한구석

무거운 시장바구니 들고 가던 아내

양손에 비닐봉지를 내려놓고

아내의 복숭아 바라보았다

연애 시절부터 잘 넘어지던

중심 없던 시절이 며칠 전 찾아와

조심하지 그랬느냐고 다그치기만 하던 복숭아를

소리 없이 바라보았다

아내가 제일 좋아하는 복숭아 하나

젊을 때 아껴야 한다며

궁상떨던 아내의 복숭아뼈를

이제야 자세히 관찰하였다

참 둥글기도 하구나

벌겋게 부은 발목을 보니

예전 발목 생각나지 않았다

기름값 아낀다며 버스 대신

걸어온 복숭아 가득한 시장

이제야 본다던 아내의 웃음

애써 모른 체하며

탐스럽기도 하겠다

바로 옆 과일가게 진열된 복숭아 한 개

살며시 집어 들며

복숭아꽃 향기를 맡는다

잎에게 묻다

바람이 분다
가지 끝 하늘하늘
목숨처럼 매달려 있는 잎
바람은 잎이 움켜쥐고 있는
낮은 기압의 손을 치고 도망간다
헉헉 악악 위기일발의 숨소리
벌린 입 속의 혀처럼
긴 밧줄 끈에 달라붙는다
유언 한마디 남기지 못하고
힘 빠진 손이 가지 끝을 놓치면
자신을 가두려는 만성적 피로 달아난다
나뭇잎 하나 비명과 함께
바위능선 위에 흥건한 울음들을 눕힌다
밧줄에 의존한 채 몸부림치다가
옆 암봉에 걸쳐진다
삶의 효력을 조금 더 연장한다
물의 온도를 조금씩 높여
고통을 감지하지 못하고 죽이는 음모처럼
땅 끝으로 떨어지지 않은 침낭
안도의 한숨을 쉰다
분기점에 매달려 있던 잎들은

우수수 바람에 날리다 실족사한다
고운 흙 위에 무수한 대답들이 떨어진다
바위에 앉은 몸뚱이 긴 눈물을 흘린다

터널을 지나다

헤드라이트를 밝힌다 산을 깎아 만든 긴 터널이 통째로 연
탄불 석쇠 위에 오른다 터널 안처럼 어둠과 밝음의 경계가
확연한 퇴근길에 오면 도심 한가운데 터널은 꽉 막히고 부
글부글 창자 속이다

둥글게 말린 곱창이 구워져 가고 직장인들은 질문 같은 의
자를 당긴다 잔불 앞에 앉은 옆자리 과장은 터널 안 켜지지
않는 낡은 전등의 내력에 대해 작게 중얼거린다 정물 같던
신입사원은 깜박이던 전등의 가계(家系)에 관해 이야기를
꺼냈지만 아무도 듣지 않는다 쓸모없이 야윈 불빛에 대해,
잔명 같은 어둠이 이어가는 찬란한 직장에 대해 여전히 침
묵이다

연기 가득한 곱창집 구석에서 직장인들은 정체 구간처럼
한참을 지체하고, 꺼진 전등과 깜박이는 전등이 술잔을 부
딪치며 터널 안 생면부지의 어둠을 사랑하지 않았다고 취
기 어린 고백을 거둔다

길고 둥근 터널이 검게, 혹은 누렇게 구워지고 함께 지나가
는 생목(生木) 같은 어둠을 잘라낸다 조각난 터널 안에서
흘러내리는 여생(餘生)의 곱어 드러나면 이내 군침을 삼키

며 각자의 접시 위 사연을 감춘다 잘린 어둠을 잘근잘근 씹
어 소주 한잔과 함께 우물거리며, 그렇게 간신히, 퇴근길
터널을 빠져나온다

성 승 철

2009년《유심》으로 등단.
순천문인협회 부회장.

개불

그는 바다에서 개불의 제왕이다
오늘도 지상의 인간이 되기 위해
불철주야 몸을 만들며
그의 간택을 기다리는
백성들이 셀 수 없을 정도다

선배님!
오늘 대물이 나왔습니다
개의 불알이 연상되는
야실야실한 이 저녁을 내려오라고
낙지발 같은 호출을 한다
2년 후배인데도 늘 깍듯하다
옛날 군대식 기숙학교의 모습이다

서글서글한 눈매 뒤의 슬픔이
바다 속보다 어두워서 살피니
조강지처가 어떤 종교단체에 빠져서
집을 나갔단다

－ 선배님, 속이 썩어 문드러집니다
－ 시발 조또 더러운 세상입니다
－ 아야, 조또 암것도 아녀
－ 그래봤자 니 맘대로 주무르는
－ 개불알 아래 세상이야!!!

불패의 제왕이 사이비라는 그물에 걸려
넘어지지 않으려고 소주잔을
으스러지도록 움켜쥐고 있다

나는 블랙홀 같은 광신(狂信)에 맞선 그의 손에게
대물들을 앞세운 신성한 의식으로
술잔에 계속 주문을 걸어보지만
우리의 합공은 적의 칼에 닿지 못하고
거친 바람을 뚫고 달려온
남쪽 별들의 응원도 소용이 없다

가짜들은 힘이 세다
그 혀는 달콤하다
달려드는 바람도 가짜인지 힘이 세고
독한 소주맛도 가짜인지 달콤하다
자리가 끝나길 기다리며 어딘가로 문자를 보내는
어여쁜 주모도 필시 본모습이 아니다

그가,
개불만 만나면 불끈불끈 일어서는 그것처럼
제왕의 권위 빳빳하게 세우고
이 어둠 같은 사이비 세상 걷어내며
굳세게 자기 길을 가길 빈다
먼 산의 장중한 모습처럼
그 중심에 선 큰 나무처럼

범떼의 전설

한가위 보름달이 오랜 친구처럼 내려온
고향 선착장 부교에서
변방의 바닥을 갯고둥처럼 구르고 구르던
거친 머시마 넷이 술잔 들고
빈 바다를 향해 포효하고 있다
범해에 태어나 세상을 오시하는 소리부터 배웠다

범종, 그는 최부잣집 장남이다
우리의 단골 맹순네 점빵 외상장부 주인이었다
회계학을 공부했는데도 여전히 변함이 없다
종로에서 사람의 마음을 치료하는 약을 판다
내 지독한 고독과 절망도 그 약으로 치료하고 있다
종로의 종각이 아직도 자리를 지키는 건 그의 탓이다

범모, 농대를 나와서인지 힘이 장사다
비탈진 밭들을 올라타던 장딴지가 아직도 짱짱하다
밭에다 멸치와 보리를 같이 키우던 통배짱이다
용주리 멸치가 청정한 것은 그의 성품 덕분이다
그 집 소죽 끓이던 골방은 우리들의 아지트,
지금도 문만 열면 특급비밀들이 와르르 쏟아진다

범민, 담뱃집 작은 아들이다

열혈들의 담배 물주였다

행정학을 공부하면 만사를 여는 열쇠를 받는지

보험회사 소장부터 멸치배 선원까지 맛보지 않은 일이 없
다

최근에 또 북쪽으로 진출했다

남북통일은 아마 그가 젤 먼저 이룰 것이다

그러나 요즘 장사치들처럼 자기 뱃속을 위해

종북이니, 좌빨 따위의 상품을 내키는 대로 찍어서

헐값에 파는 일은 없을 것이다

평생 한 구멍밖에 팔 줄 모르는 내가

제일 부러운 친구다

딱, 오늘밤처럼

은근한 달빛과 바다빛 향기가 천지를 휘감던

그날 밤 여학생 몇 배 허리에 꿰차고

보름달을 삼키던 푸른 범들,

대섬(竹島) 백사장에 새긴 사연을 몇 순배째 풀고 있다

섬 꼭대기에서 시위하던 황새들을 부르며

황새의 깃털보다 더 진한 전설을 써나가는데

끼어드는 보름달의 귀가 얼굴보다 환하다

마누라가 그런다

12월의 박싱데이* 후,
세상은 원래 그런 거라며
제발 힘 좀 **빼**라고
우리 마누라가 그런다

아프리카 어디쯤 나무들만 사시는 곳으로
이민이나 가버리자고 해도
이제 그만하라고 한다
부엉이 피울음 같던 깃발들의 목이 꺾인 후,
푼돈들이 재벌을 이기는
EPL**의 아름다운 반란이나 즐기며
입 다물고 있으라고 한다

다시, 아프리카 어디쯤 벌레들만 사시는 곳으로
이민이나 가버리자고 해도
눈앞의 똥이나 치우라고 한다
비전도 철학도 없는 대결도
이제는 두려울 것 없이 질주하는 모든 것들도
뿌리 썩은 나무들이 피워낸 열매도
비겁한 침묵도 방관도
더러운 음도도 공범도

눈먼 무지도 보내버릴 유배지도
부동자세로 있으라고 한다
날마다 희망을 접은 새들이
생의 쓰레기통을 유령처럼 배회하여도
모르는 척하라고 한다

어제의 시인이 오늘부터 시인이 아니라고
뻔뻔하게 선언을 해도
문사들의 외침들이 끌려나가도
그저 EPL의 둥근 박싱데이나 맛있게 빨며
그만 혀를 풀라고 한다
식탁도 직장도 민주주의 적이라는 이 저녁도
조용히 비우면서
몸 상하니
몸 다치니
그만 힘을 빼라고,
우리 마누라가 그런다

* 잉글랜드 12월 축구 일정.
** 잉글랜드 축구 1부리그.

안 현 심

2004년《불교문예》(시) 2010년《유심》(평론) 등단.
《하늘사다리》외 3권의 시집과 산문집, 평론집 다수.
진안문학상, 한남문인상 젊은작가상 수상. 현재 한남대 강의전담교수.

연꽃무덤

어머니의 주검을 닦아드리다가 짓무른 생식기에 손이 닿
았다

탄탄한 자신감으로 생명을 피워 올리던 황금빛 바다

휘파람이 피어나고 풀잎이 피어나고 사슴이 피어나던 연
꽃 생식기

생명의 바다를 사모하다, 사모하다 스러진 연꽃무덤이다

사람의 성채

달의 주기를 반복하는 동안 여성일 수밖에 없었다
시기와 질투를 온몸으로 받으며
모난 몸뚱이를 다스리는 반쪽 인간이었다

등신불로 사십 년, 뜨거운 피를 소진해버린 몸뚱이

이제 더 이상의 윤회는 없다
여성과 남성을 한 몸에 품고
세상풍경을 내려다보는 신선이다

비로소 완전해진
사람의 성채

사랑, 죽음

두 눈을 꼭 감고 남근을 탐하던 암사마귀는
정수리 진액까지 뽑아낸 수놈이 혼절해버리면
절정의 몸부림이 가시기도 전에
왕성한 식욕으로 지아비의 몸뚱이를
머리부터 아삭아삭 먹어버린다

너와 내가 완전하게 합일하는 것
한 치의 여백 없이 일치하는 것
둘이지만 하나처럼 보이는 것
나를 통해서만 몸짓하는 것

완전한 합일은
오직 죽음뿐

엄 계 옥

2011년《유심》으로 등단.

거울

송광사 비루에 걸린 북
어스름 내리면
스님 그림자
제 몸에 드리운다
북에 든 그림자
호흡을 가다듬고
북을 두들기기 시작한다
제 검은 형체를 향해
머리 어깨 가슴
인정사정없이 내리친다
내 온몸 구석구석
죽비 든 것처럼 시원해진다

장생포 고래박물관

하늘과 땅이 몸 누이느라 어스름 덮은 바다 문 앞
수면을 끌어당겨 한 마리 거대한 고래와 마주 하네
현시에서 원시로
육천만 년 전 육지로 왔다가
다시 바다로 돌아가야만 했던 이야기에
물속 깊이 가라앉은 귀는 부풀고
미처 잠들지 못한 눈동자에 아른대는 인어의 환영
그녀의 흰 부채 살 손마디로 읽네
지느러미 관절은 손가락 마디로 남아
원시 여정 정답게 들려주네
우리는 신화로부터 그리 멀지 않은 부족이라 하네

간섭

아파트에 홀로 살던 노인, 죽은 지 한참 만에야 발견되었다
냄새가 신고를 하여 세상에 알려진 죽음
경찰이 강제로 문 딴 후에야 썩은 시체 옆 강아지 두 마리
한 마리는 노파 옆에 죽어 있었고
한 마리는 두 구의 주검을 앙상한 몰골로 지키고 섰다
카메라는 이웃에 무관심한 현대인과 죽은 노인만 집중 거
론한다
강아지는 감염되었을지도 모르니 동물병원에서 조치를 취
할 거라는 짧은 멘트만 남길 뿐,
인기척이 방안으로 들어섰을 때 강아지 눈에 들어 있던
공포와 놀람과 연민과 울음 그 와중에 수시로 찾아들었을
허기

난 왜 자꾸 그 강아지의 생사보다 주검 곁 맴돈 시간이 묵
인될까 걱정할까

깊은 산중 외따로 선 암자, 낯선이의 발소리에 가장 먼저
달려나온 건 불강아지였다
반가움에 다가서자 거리를 두고 물러나길 반복한다
꼭 그만큼, 목메임의 거리를 유지한 채 바라만 보는 강아지
사과를 나누어 주어도 멀찍이 서서 군침만 흘린다

뱃가죽은 등에 가 붙었고 경계가 달라붙은 눈동자 속세에
대한 강한 흔들림
한 번 바깥 외출에 한 달 넘게 걸린다는 그녀
함께 살던 강아지 죽고 나서 저렇게 사람을 경계한다는데,
아무래도 그 말보다는 산중에 혼자서 한 달을 버텨야 하는
공포와 연민과 놀람과 울음 그 와중에 수시로 찾아들었을
허기

난 왜 자꾸 그 강아지의 툭 불거진 등가죽에 가 붙은 배보
다 산속이 더 걱정될까

골목에 세워둔 차 밑에 길고양이 편안하게 누워 있다
잔뜩 웅크려 경계가 심해야 할 고양이,
누운 폼이 저렇게 편안할 리 만무하다 싶어 다가가니 두 눈
부릅뜨고 죽어 있다
새끼 두 배 낳고 그 새끼들 생사 물고 2미터 넘는 담장 수
시로 넘나들더니
오늘 아침 자동차를 이불 삼아 저세상 갔다
첫 배는 이웃 등살에 모두 동물병원에 맡겨졌고
두 배째는 그 생에 간섭 않기로 했다
젖배 채우러 오는 것도 이웃 눈치 살피느라 묵인했다
짐승은 죽을 때 제 안태 묻은 곳으로 머리를 둔다는데
분명 그 노란 길고양이 고개 나를 향해 있다
밤사이 천둥 번개가 다녀갔는지 채 일 년도 못 산 생,

부릅뜬 눈동자 속 긴장과 공포와 놀람과 울음 그 와중에 수시로 찾아들었을 허기

난 왜 자꾸 거두지도 못할 그 고양이 새끼들보다 죽은 어미가 더 목멜까

오승근

1977년《호국문예》(소설), 2009년《유심》(시)으로 등단.
시집《세한도》.

조감도

여기, 화색을 잃어가는 조감도가
색택의 선택을 하소연하고 있다
부정은 단면적 도면을 설계 기둥을 세웠고
모정은 국보급 문화재를 단청하듯 채색했다
조감도에 갇혀 보물처럼 진열된 축척된 삶이
설계에 따라 한 치 오차 없이 시공되고 있다
햇살도 스며들지 않는 조감도가 싫어
자아의 조영선을 따라 입체적으로
설계도를 변경하고 단청마다 덧칠했다
시공의 세월을 헐듯 허물기를 여러번
그때마다 조감도는 화려하게 복원되곤 했다
예술혼 없어 벗어나고픈 단청
화려하고 각진 모서리가 저리고 아프다
관절 마디마디 단단하게 양생되어 가는
공굴과 철재빔 같은 규격품보다
황토색 풍혈의 극치로 단아하게 빛나고 싶다
계절풍에 모서리 무너질 줄 아는
풍정 있는 민속화로 소박하게 설계되고 싶다

저녁 연기 추상의 그림자로 당도할 때
활짝 열린 조감도에 색향이 스며드는
그런 황혼을 바라보며 문을 닫으려 한다
푸른 날갯줄 재잘거리는 미루나무 숲
하늘기둥으로 서 있는 부감도로 채색되고 싶다
생의 시나브로를 계속 요청할 것이며
요구사항이 통찰되지 않을 경우
국보급 단청은 빗각으로 개칠되어 있을 것이다

대왕문어의 발문

연체의 몸으로 낡은 어망에 갇힌
저, 대왕문어의 발문을 읽어보라
명석하게 해저곡을 항해했지만
결국, 어망에 걸린 것도 큰 머리 때문이다
입력된 항해의 기억을 더듬자
헤밍웨이의 노인과 바다가 표류 중이다
노인은 바다 목장에서 청춘을 경매했던가
포구의 능선에서 시신경처럼 뻗은
문어발 골목에 빨판으로 붙어있는 가옥들
부화된 새끼문어들의 서식지로
먹이사슬에 수족마저 성할 날 없다
어판장에서 동시 경매된 노인과 바다
베스트셀러로 낙찰되었던 날 언제였던가
촉수 무뎌진 늙은 해녀의 바다 고전을
태양열판으로 탐독하는 미역 건조대를 보라
방전된 해저의 욕구들을 충전하여
물질 나서는 청춘을 재조명하고 있다
계절풍이 불어오면 난풍으로 맞서며
해풍전선에서 산란을 아끼지 않았던
포궁의 그 고귀한 수정을 기억할까
심해어종으로 지느러미가 해진 늙은 해녀

얽히고설킨 세상사의 성근 그물 속에서
산문(産門) 같은 싱싱한 전복을 물질하며
꿈틀꿈틀 먼 바다로 황혼을 하혈하고 있다

단풍

불이야!
불이야!

그녀가
마음의 동산에
불질렀다고
119에 신고했다

긴급출동한
소방관도
진화할 수 없는
저, 단풍

활활 타오르는
저 불꽃은
내 마음을
모두 전소시킨 뒤에
첫 서리가
하얗게 내려야 진화될 것이다

마음의 동산을

숯덩어리로
만들어 놓은 채

 오승희

2012년 한국시조시인협회 백일장 입선.
2013년 《유심》으로 등단.

압구정 연가

가슴에 묻었던 그 사람을 놓고 왔지
바람 불지 않아도 바람 부는 압구정
그림자, 쓸쓸한 어깨 들먹이며 가고 있네

잃은 건 너도 아니고 약속도 아니다
가끔 꺼내 미소 짓던 꽃필 적 이야기
허공에 열흘 붉은 꽃잎 빈 향기만 가득해라

허약한 내 사랑아 이제 너를 삭제한다
너 있던 내 가슴도 꽃처럼 던진다

그 거리, 연인들 웃음처럼 겨운 벚꽃 흩날리네

숲의 말

사람이 사람인 건 간격(間隔)이 있어서야

참나무처럼 겨우살이처럼 향기 다른 홀씨처럼

너는 너, 나는 나 되어 가뿐하게 한데 살자

다섯 살도 아는데

엄마, '내가 졌어'가 영어로 뭐야?
글쎄, 뭐더라 이기다는 아는데

진다는 말은 생각 못하고 살아온 시간들

이기다는 뭐야?
윈이야 w i n
아, 그럼 알겠다 내가 졌어 유 윈!

가볍게 네가 되어볼걸
햇살 참 좋다 그치?

윤경희

2006년《유심》으로 등단.
시집《비의 시간》. 현재 대구문협 편집국장.

개망초

기억 하나 찾으면 또 하나의 기억 잃는
떼쓰며 투정하는 다섯 살 어린아이
몇 번을 누구냐고 묻는 올곧은 인사치레

제 그림자도 모르는 까마득한 블랙홀을
밤낮없이 건너가는 치매 병동 606호
온종일 훔쳐 온 신발 주인 없이 나뒹군다

창살 없는 들녘, 흐드러진 무기수여
죄인 아닌 죄인 된 시르죽은 목소리
짧게 민 흰 머리 위로 묵정밭이 무겁다

하얀 침묵

오래 비워 둔 집, 먼지를 닦는다
경계를 다 지운 듯한 마른 것들의 침묵

훔친다, 무수히 잠든
정적의 오랜 발자국

물기 묻은 마룻바닥 온기들이 찍혀서
죽은 먼지들과 젖은 걸레로 누워
천장 밑
촘촘한 거미집
설렁줄을 당긴다

청사포 저물녘

빛바랜 사진 한 장 우두커니 걸려 있다

널따란 해묵은 목선
술 취한 아버지마냥

바다 속
야반도주한
식솔들을 기다린다

이 무 열

1997년 〈매일신문〉(동화), 2010년 《유심》(시)으로 등단.
현재 대구문화관광해설사.

물로 승부하다

퇴근길,
동아백화점 광장 앞 횡단보도 도로변 탑차에서는
제우스 함대 순항중!
여성분들을 VVIP로 모신다면서
물! 물! 물! 참 좋단다.
대구의 강남, 수성구의 자존심
뉴첨단 성인클럽을 왱왱거리는 그 자리는
스타벅스커피가 폼 나게 들어선 곳.
연말이면 구세군 자선냄비 종을 쳐대는 곳.
잊을 만하면 고무다리 장애인을 풀어놓는 곳.

어느 겨울 저녁
신호 기다리는 사람들 뒷켠에서
배밀이 수레에 은전을 구하다 끝내 바지에 오줌 싸고는
희미한 웃음 짓던 마흔쯤의 한 사내를 보았거니,
제우스 함대에 동승하기 위해서는
기본주대 삼만 원이 있어야 한다.
구 아리아나호텔 제우스 성인나이트는

모델급 미스와 미시 100명이 항상 대기하는 곳
어찌 좋은 우리 구주 온몸으로 찬송가를 밀고 가야 한다.

때로, 세상 걱정 근심 위안 받고자
아기웃음 같은 것 말고 뉴첨단성인클럽에 가고 싶다.
할렐루야!
아무렴, 노는 물이 달라야 한다.
앞서가는 수성문화인이라면 진정 물로 승부해야 한다.

거조암 오백나한상

경상북도 영천시 청통면 신원리 622
팔공산 동쪽 기슭에 산내 암자 거조암이 있는데요.
어수룩하고 데면데면한 상판에 호분 칠한 나한님네
부처님 돌아가신 뒤 왕사성 칠엽굴에 모인
오백 명 도적이거나 장로 비구와 아라한이라는데
기돗발 좋다는 소문 듣고
신수 한번 펴볼까 찾았던 게지요.
애당초 나한님의 가피나 운명이라든가
옛날 옛적 이야기나 훗생을 믿은 건 아니었지만
세상에나, 영산전에 들자 앉은걸음으로 다가오는 것 있지요.
강냉이 할배가 키득키득, 조선팔도 아재는 킥킥, 빼빼장구 당숙이 멀뚱멀뚱
웬걸 해파리 숙부님 둘레둘레 화등잔만 한 눈 치뜨는데요.
아재요, 탁배기 한잔 자실랍니꺼?
사는 일 좀스럽고 짜잔해지는 이 노릇 우야만 좋겠는교?
만나고 헤어지고 한세상 그 모든 인연들 어찌 달래 볼까요?
속옛말 차마 드러내지 못하고
잔손금 많은 세간사 빌어보기는커녕
탄식이나 흥금의 줄 한 번 퉝겨보지 못하고 말았는데요.

애오라지 절 한 채 품었다 뱉어놓는 일로 하루가,

한 생이 다 저물도록

마 괜않타 전부 다 괜않을끼다

앉으나 서나 오백나한님은 다 알아주실 것만 같았지요.

객창(客窓)

임하댐 수몰되기 전
지례예술촌 앞 강변을 쏘다녔다.
기실 필생의 돌 한 점
가쁜 숨결로 만나고 싶어서였다.

하늘 땅 사이 그 산빛물빛 그늘에 기대어
달밤에 굽이굽이 마음 널어 말리는
여인의 문양 한 점 마침내 얻어걸렸으니

분별없이 젊었던 탓일까
물이끼 씻어내느라 마음 바쁘던 우물가에서
약혼시계 깜빡 벗어둔 채 떠나오고 말았다.

길들은 허랑방탕 흘러가고
언약처럼 나 사랑을 돌에 새기려 했으나
날 저물도록 돌아갈 곳 없는 인생은
때로 니나노 젓가락 장단에도 무릎이 푹 젖는 것.

달 그림자 이우는 객창
옛 여인의 얼굴이 물끄러미 걸리는 수몰지엔
두고 온 가을빛조차 쌍무지개로 내걸렸겠다.

이 승 현

2003년《유심》으로 등단.
나래시조문학상, 이호우시조문학상 신인상 수상.
시집《빛 소리 그리고》. 한국시조시인협회 사무총장.

가람 생가에서

조선의 백성으로 가람 생가 찾을 때
마당 한구석에 놓인 난분을 보았다
난초는 보이지 않고 향기만이 그윽하다

햇살은 시어(詩語)를 물고 장독에 걸터앉아
오가는 후학들에게 목례로 화답하니
낭창한 버들가지가 화창한 춤을 춘다

처마에 서린 풍상은 님의 가락 한 소절
속으로 읊조리다 마침내 터지는 소리
먹물 빛 하늘 밝히며 노을로 타오르고

조선의 시인으로 고택(古宅) 앞에 섰을 때
잎새 다 떨구고 선 의연한 꽃 보았다
꼿꼿이 허리 세우고 품어내는 만리향

돌탑

돌탑을 허물다보면
들리는 무엇이 있다

돌과 돌 층간 사이 흐르는 빛의 여울

활 없이
속내를 켜는
큰 산, 먼 강물 같은……

점이면 점 하나로
선이면 선 하나로

햇빛과 장대비로 덧칠하며 쌓아왔던

살아온
이력만큼만 들을 수 있는 그런 소리

가슴속 말간 물로
돌탑을 풀어낼 줄 알면

돌 하나 내릴 때마다 산 하나가 다가와 앉고

바람도
탑돌이하다
듣게 되는 제 목소리

셈

살아온 시간들을 가만히 짚어보면
이문을 맘껏 보태 놓아보질 못했다

이 빠진
주판인 줄 모르고
알만 자꾸 놓았다

보태야 할 시간에는 헛손질을 해대고

빼야 할 순간에는 덤으로 더 빼내주고

차라리 안 놓느니만 못한 수를 놓곤 했다

얼마 남지 않은 해거름
이제는 주춤할 수 없어

주판을 내려놓고 마음으로 되를 채우며

못다 판
나머지 것들은
그냥, 그냥 풀기로 했다

이 학 종

2010년《유심》으로 등단.

내 인생은

내 인생은
지금
공사 중입니다

혹시
보행에
불편을 드리지는 않았는지……

내 인생은
아직
공사 중입니다

무릎이라도 꿇겠소
– 첫 손녀 소담이의 출생에 부쳐

뭔 짓을 해도
예쁘게만 보이는
이 치명적인 힘은
어디서 나오는 것이냐.

존재 자체로 빛이 나
보이는 모든 것들을
무색하게 만드는 이 마법은
어찌된 영문이냐.

눈짓 그 자체로
몸짓 그 자체로
존재 그 자체로
찬란한 생명.

천지신명이시여
이 재주 영영 간직하게 해주신다면
무릎이라도 꿇겠소.
지심귀명례라도 하겠소.

존귀한 생명,

신이한 마법,

치명적 매력,

무등등(無等等)의 존재여.

06시의 151번 버스

전장을 가는 듯한 비장

중대 결심 앞둔 듯한 결기

졸음과 벌이는 한바탕 전투

처진 눈초리와 입 매무새

찌든 일상 머금은 표정들

어디선가 풍기는 퀴퀴한 술 내음

조계사 거쳐 명동으로?

아~, 명동, 명동? 명도옹!

주어도 술어도 없이

반복되는 중년 사내의 방백

그래도 갈 곳이 있어

피곤을 견디며 사는 이들의

새벽 햇볕 공간

임 연 태

2004년《유심》으로 등단.
시집《청동 물고기》외 기행집, 르뽀집 등 다수.

일요일 오후

들고 나갔던
쓰레기 봉지를
다시 들고 들어왔다

골목 귀퉁이
짙붉은 모란 한 무더기
그 뜨거운 합창 무대에
차마,
버릴 수 없었던
내 삶의 찌꺼기를

결혼기념일

당신의 반이 나이고
나의 반이 당신이라던
그 약속
내내 잊고 지내다가
딱 하루 꺼내어 속 먼지를
털어내는 그 머쓱함으로
귀가하는
초저녁의 꽃다발 하나

어둑한 골목길이 갑자기 밝아지는
마력의 꽃다발

꽃향기보다 진한
밥 내음 찌개 내음
당신의 살 내음

최치원

신분이 애매했다.
귀족도 천것도 아닌
육두품이라는 태생이 모호해
일찌감치 해외유학길에 올라야 했던
그때만 해도 꿈이 있어 좋았을 것이지만
남의 땅에서 승승장구란 외로움의 크기일 뿐
태생보다 끈적이는 그 외로움의 정체를 알았을 때
그래도 돌아갈 고향은 있으니까 하는 위로 반 기대 반으로
돌아온 고국에서, 돌아온 고국의 허름한 어느 주막에서
촛불 가물거리는 신새벽 닭 울음소리처럼 헛헛한
외로움이 또 앞을 강물처럼 막고 있을 줄이야
할 일이 없어 밥 빌어먹는 것은 아니지만
하고 싶은 일을 할 수 없는 갑갑함에
외로움의 강물은 깊어만 가고
지방 말단 관직이나 맡아
떠돌다가 떠돌다가
가야산 홍류동에
신 벗어놓고
가버렸네

아직

돌아오지 않았네

임 원 식

2001년(소설)·2004년(시)《문예사조》, 2012년《유심》(시) 등단.
시집《환속하는 봄비》《초록 빗소리》등 4권 외 칼럼집 다수.
현재 온누리태양광 회장.

햇빛 불꽃

요 며칠 눈이 나렸습니다.
바람이 눈발을 흔들어주고,
태양광 발전소에 내려오는 햇살이 있습니다.

만물은 눈 속에 묻혀
뿌리 밑으로 꿈을 꾸지만
햇살은 모듈* 위에 속삭입니다.

그날의 첫밤처럼
모듈의 보드라운 가슴, 팔, 다리,
배꼽과 깊은 산골을 타고 올라
펄펄 뛰는 숨결 속에
불꽃으로 타오릅니다.

나무도, 석탄도, 기름도, 원자력도 아닌
오직 밝고 맑은 햇빛으로만
어두움을 불태우는

광명의 바다가 됩니다.

* 모듈 : 태양광을 전기에너지로 변환시키는 장치. 태양광 집열판.

코스모스

며칠 전 TV 뉴스에서
한국인이 가장 좋아하는 꽃 중에
코스모스가 일등을 했단다.
여름이 가기도 전에
먼저 신작로 길에 나와서
가을 마중을 하는 코스모스,
크고 작고 희고 붉고 푸른 오색 깃발을 흔드는
환영의 물결 앞에서
나는 개선장군이 된다.

어릴 적 해남 들길에서 만나던
그 꽃들은 그 모습 그대로
지금 광주 월산동까지 와서 나를 반기는데
나는 어느새 흰머리를 이고 있다.

콩을 거두며

내가 일하는
영암 태양광 발전소 주변의 빈터에
검은 콩을 심었다
한 평 땅도 놀리기 아까워
논둑 밭둑에 콩을 심던 어머님 생각에

보랏빛 꽃을 곱게 피우더니
가을 되어 열매가 익었다
도리깨로 타작하던 때는 옛일
최신식 콩 탈곡기를 돌려
열 가마니나 거둬들였다

햇볕은 태양광 발전뿐만 아니고
콩들도 잘 익혀내는구나
통통통 별이 튀는 콩을 거둬
이웃들과 나누는 재미도
통통통

정 명 진

2013년《유심》으로 등단.

그 집에 가면

그 집에 가면 밥값이 오천 원이다

사람들이 몰려드는 점심시간엔

키가 작달막한 여자의 움직이는 손이

마술처럼 펼쳐진다

밥을 먹어도 먹지 않아도

커피는 공짜로 준다

여자가 내려놓은 커피는

오가다 들르는 사람 누구든 마시고 간다

나는 커피 값으로 한두 시간

여자가 살아온 얘기를 듣는다

얘기를 듣고 있으면

여자의 아버지와 어머니

여자의 아버지의 큰 아내와

한 아버지와 두 어머니 사이에서 태어난 형제자매들과

그 형제자매 아이들과

여자의 시아버지와 시어머니와

여자의 시아버지의 큰 아내와

한 아버지와 두 어머니 사이에서 태어난 형제자매들과

그 형제자매 아이들로

한 평 남짓한 지하식당이 꽉 찬다

동행

한 주에 두어 번 찾아오는 친구가 있습니다
친구 집과 나의 집은 걸어서 반 시간 정도 걸리는데
친구가 집에 갈 때는 친구 집으로 가는 길을 함께 걷습니다

가끔 나가는 친구 남편의 일용직 일이 얼마나 고된지에 대
해
반지하 사무실에서 여섯 명이 일하던 몫을
혼자 동동거리는 친구의 큰 아이에 대해
새벽 4시 반에 일어나 일터로 나가는 친구의 작은 아이에
대해
친구가 가끔 나가는 출장뷔페에서 하는 설거지가
얼마나 치열하게 몸을 움직여야 하는지에 대해

귀를 기울이며 걷습니다

14평 임대아파트 친구 집 근처 가장 넓은 길 횡단보도까지
걸어서
파란 신호가 들어오기를 기다리다가
횡단보도를 건너는 친구의 뒷모습을 지켜보다가 돌아오곤
합니다
병원을 내 집처럼 드나드는 나는

어디 가서 치열하게 몸을 쓰지는 못하고
오늘도 그 길 걷는 데 시간을 보냈습니다

사월

비는 내리고
나는 쓸쓸하여져 외투를 걸치고
꽃길을 걸어간다

삼천리자전거 매장을 지나고
카페 베르를 지나고
페이퍼문구점을 지나고
베스킨라벤스 가게를 지나고
코아약국을 지나고
횡단보도를 건너고
얼마 전에 높이 올린 교회를 지나고
목련꽃잎 진 학교를 지나간다

너를 생각하며 걸어간다

비는 내리고
곧 사오월도 지나
봄꽃이 다 지면
네가 떠난 유월이 온다

그러면, 너는 영주사 뜰에

감자꽃으로 환하게 피어날 것인데
감자꽃으로 웃는 너를 생각하는데
비 내리는 지금
그리운 허기가 진다

정 정 례

2010년《유심》으로 등단.
시집《시간이 머무는 곳》. 시문회 회원.

건초의 시간

가벼워지기 위한 몸부림이 향기를 뿜고 있다
낫 끝에 베인 상처를 둥그렇게 말리고 있다
소들의 되새김질을 자극하는 저 마른풀 향기는 긴 겨울의
식단

한여름 폭염 속에서
잡초 속의 잡초가 되어 베어지고 있던 그는
여름을 말려 겨울을 보관했다

건초더미 속에서 킥킥거리던 아이들은 풀 향기 속
아버지의 두엄 냄새를 몰랐다
그의 허리를 활처럼 휘게 한 그 건초더미가 헛간에
쌓여 냄새를 풍긴다

그 앞을 종일 어른거리던 그는
송아지의 송아지가 태어나고 그 송아지가 또 송아지를 낳
아도 돌아오지 않는다
건초의 시간이 길다

5분간

철봉에 매달린
그네
위에 나
위에 책
바람이 분다
먼저 책장이 넘어가고
머리카락이 넘어가고
그네가 흔들리다 넘어가고
지구가 흔들리다 넘어가고

그네만 깊고 조용하다

안과 밖

1,

풍만하다는 것은 안으로부터 차오르는 것이 있다는 것
봉오리가 속을 채우려고 밖을 잡아당기는 것처럼
허공의 빛을 당기며 회전하는 것처럼
이슬을 굴려 윤기를 만드는 것처럼
나무가 공중을 당겨 꽃봉오리를 만드는 것처럼

저 불을 한번 꺼보고 싶다
꽃의 안과 밖을 뒤집어놓으면 세상이 온통 향기로 넘칠까
나비가 얇은 날개로 씨방 위에 앉는다
꿀샘에 침을 꽂는 벌처럼
꽃술에 내려앉는 예의가 깔끔하다

2,

카멜레온은 나무껍질에 누워 있으면 나무껍질 모양과 꼭
같다
그는 보이는 것으로부터 보이지 않는 몸을 가지고 있다
그것으로 먹잇감을 낚아챈다

자벌레 한 마리가 잎사귀 밑에서 거리를 재고 있다
카멜레온이 눈을 휘둥그리며 각기 다른 방향을 본다

아무도 눈치 채지 못한다

카멜레온은 1미터가 넘는 혀를 뻗쳐 자벌레를 낚아챈다

허공에 잠깐 고무줄이 던졌다 당겨진다

한 경 옥

2013년《유심》으로 등단.
중앙대학교 예술대학원 석사과정 재학 중.

꼭! 그만큼

아버지를 싫어하던 오빠는
꼭 닮은 걸음걸이로 대문을 나서고
아버지가 보고 싶은 나는
고개를 길게 빼고 그 모습을 바라본다.

숫기 없던 올케언니는
마루 끝에 앉아 오빠 흉을 보고
어머니가 그리운 나는
눈치 없이 자꾸만 쓸어 덮는다.

불러도 꼼짝 않던 조카 녀석
즈이 아빠 나가시자 TV 앞에서 낄낄거리고
오빠에게 업히기를 좋아하던 나는
꼭, 그만큼 넓은 녀석의 등을 토닥인다.

안마당에 내려서다
어디서 한잔 했는지
불콰해진 서녘 하늘에, 그만
울컥!

아라베스크

밤새 펼쳐진
석고판

구부러지고 옹이가 박힌
발을 들어
힘주어 누른다.

빠져 달아난 발톱
선명하게 찍힌 발 도장

겨울바람이 후끈하다.

양말 속에 꽁꽁 감추던 발
가슴에 끌어안고 자던
하이힐이
클로즈업되어 다가온다.

눈 내린 장독대 위에
발자국을 찍고 있는
비둘기

가을하늘

헛간에서
알을 품던 암탉이 사라졌다.
털이
한 줌이나 흩어져 있는 것이
뒷산 살쾡이 짓 아닐까?

오글오글
품다 만 달걀들
엎어져 뒹구는 모이통

쏟아 버리려는 양동이 물속에
햇병아리 올망졸망
암탉 뒤에 종종걸음 친다.
살쾡이도 쫄레쫄레

푸드득
날갯짓에 사방으로
흩어지는 닭털

황 영 숙

2011년《유심》《경남문학》으로 등단.

포토라인

가난을 노래하며 오르던 노산 언덕

눈물로 꽃을 피운 시인의 정원에서

분홍 숄 함께 두르며 연인인 양 웃어본다

신병 다 놓으시고 가신 줄 알았는데

못내 벤치에 앉아 곁을 내어 주시는

들릴 듯 그대 숨소리,

천년의 바람* 소리

* 박재삼 시에서 차용.

필터

오래 방치해 왔던 혈관의 때를 걷자

굴욕의 피스톤이 비로소 움직였다

한동안 응고되었던 피가 움찔 놀랐다

너무 쉽게 삼키고 함부로 내뱉은 말,

내 몸이 화근(禍根)이었던 불같은 나날들

완전히 연소되어서 휘발된 나를 보았다

탄생석*

서쪽 하늘 그리며

나 본 듯이
보라고

동쪽 하늘 바라다

너 본 듯이
보려고

두 모녀 한 겹
또
한 겹

빚어 올린
그리움

* 뉴욕에서 활동 중인 아티스트 '강경은'의 사진 작품으로 모녀가 등의 살을 밀
  어 만든 진주 모양의 보석.

허 전

2013년《유심》으로 등단.

아기고래와 통화

출렁, 태동하는 선율로 벨이 울린다
만삭으로 충전된 푸르른 액정화면에
심해의 물살을 일구며 고래좌가 뜬다

태아가 보내는 신호와 교감하는 소통 속
고래가 분수공으로 내뿜는 무지개에
태교로 펼친 생명선을 한 올 한 올 엮는다

초산의 꿈결로 희열에 젖는 모성이
새붉은 심장으로 언약을 다짐하며
손꼽아 짚는 출산일로 휴대폰을 닫는다

분청사기

방년의 꽃살이 핀 초벌구이한 토기에
눈물을 삭인 잿물에 유약을 입힌 생
주름진 돋을새김으로 귀얄무늬를 그렸다

궁핍한 가계를 심장으로 받든 공경에
골다공증 앓는 뼛속으로 별빛을 틔우고
등 굽은 둥근 가슴으로 만월을 품었다

나비의 날개 무늬로 우화한 실금들
현생에서 피안으로 원왕생(願往生)을 노래하는
어머니 분청사기의 큰 영혼을 완상한다

어머니의 편지

순한 귀 육십갑자에 한글을 깨우쳐서
파도에 깎인 섬의 심에 침을 묻혀 쓴
골 깊이 주름진 글꼴의 편지를 읽는다

조개를 캐는 갯일로 등 굽은 기역(ㄱ)에서
별 한 획 수평선에 찍고 해가 잠긴 히읗(ㅎ)
바른 생 내리긋기로 아(ㅏ)에서 이(ㅣ)를 익혔다

심봉사 눈뜬 것 같고마 팬지를 쓰다니
건강이 재산인디 삼시 밥은 챙겨 묵나
험한 날 견디다 보믄 항복 시절 인것쟈

자식들 닿소리를 생명살림으로 품은
홀어미 홀소리의 결기 매운 서사가
사리 때 부푼 바다로 푸른 힘살을 돋운다

유심문학회 회원 명단

[시]
권규미 김 경 김남극 김대봉 김인후 김종규 김태암 김택희
김향미 박미산 배재형 서상규 성승철 엄계옥 오승근 우호태
윤경희 이 노 이 랑 이무열 이석란 이종남 이학종 임연태
임원식 임효림 정명진 정정례 차창호 하유숙 한경옥 허진아
홍종화

[시조]
권영희 김경태 김동호 김선화 김영주 김용옥 김용회 김해인
김혜진 박미자 박방희 서 덕 오승희 이승현 이태정 조 안
황영숙 허 전

[평론]
서승석 신진숙 안현심

건초의 시간

초판1쇄 인쇄 2013년 12월 20일
초판1쇄 발행 2014년 1월 1일
엮은이 : 유심문학회
펴낸이 : 김향숙
펴낸곳 : 인북스
주소 : 경기 고양시 일산서구 성저로 121, 1102-102
전화 : 031) 924 7402
팩스 : 031) 924 7408
이메일 editorman@hanmail.net

ISBN 978-89-89449-42-3 03810
값 8,000원